AF348232

LE
PASQVIL
PICARD
COYONESQVE.

M. DC. XVI:

3

AV
DVC DE LONGVEVILLE,
SONNET.

LE Ciel voulant Amiens deliurer de nau-
    frage
A chaſſé loing de nous ce Coyon infecté,
Qui monſtroit arogant ſa grande fierté,
Et ne pouuoit ſur nous aſſouuir ſon courage.

Mais le Ciel nous aimāt, deſtourne cet orage,
Le renuoye a ſon eſtre, qui eſt Italien
Le lieu de ſa naiſſance, ou tout mal'heur en
    vient,
Noꝰ redōnant le iour cōme vn precieux gage.

Vn nourriſſon des Dievx, vn cœur rempli de
    gloire,
La vertu de tout tēps, des Frācois la memoire
Vertu qui ne ſe peut du Perruſien corrōpre.

Comme eſtant de nos Roys le tyge & reieton
Le nom qu'il a auſſi en porte le renom,
Longveville, c'eſt toy, lequel on n'a
    ſceu rompre.

PASQVIL PICARD, COYONNISQVE.

LE temps furuient & rien n'efchape,
Là main du temps qui tout attrapé
Ce conquerant & Monarque d'Idee,
voird tous les iours fa fortune en fumée
Affifté d'vn tas de mors de fain,
Qu'il a choifi achepté de fa main,
Des threfors pris dedans la Baftille :
Voyez donc qu'il à la main habille,
A bien comter & par millions,
Soudoyer vn nombre de Coyons,
qui prenoient part en Picardie.
Mais Quoy ? la Coyonnerie,
Les a tous mis en defarroy,
Difons grand merci a Villeroy,
Qui plus a faict en fon temps,
Que ne fit iamais Nereftant
Dedans cefte noble Prouince,
Contre l'honneur de fon Prince,
Double Ianus Majeur de Ville
Maintenant honteux & debile,
Auec Simon le Prefident,
ma foy voila de belle gens,
Pour bien decider vn affaire,
Le grand homme d'efcritoire,
Qu'eft-ce Preuoft Royal,

5

Bon Dieu qu'il est desloyal,
Nul le sçait qui ne le hante,
Ce bon gend'arme d'Athalante,
Plus Espagnol que François,
mais où a-il veu les loix
D'y renier sa patrie.
Ie croy qu'il sçait la manie,
De Megere en qu'en suitte,
Il sçait l'art des Iesuitte,
Que contre tout droit diuin,
Faut faire mal a son prochain :
Pourtant il sçait qu'à Venise,
Ils ont plié leur chemise,
En diligence & du matin,
Par le diable sainct Martin,
Serons nous teusiours en souffrance,
Ouy, tant qu'ils soient en France,
Mais quel bien ont-ils en l'ame
Ses boute-feux infames,
Ils veulent tout conquerre,
Ses inuentionneurs de guerre,
En partageans les Royaumes :
Vray Dieu monsieur S. Ierosme,
Enuoyons les en Chippre,
Auec ce malicieux d'Ippre,
Vray Censue de repos,
Inuentant mille impos :
Comme c'est leur ordinaire.

Et qui ne void la mifere
Du Sagoing Lounencourt,
Qui traiftre faifant du Loup,
Va de nuiçt dans la prairie,
Et d'vne façon munie,
Va amufant le troupeau,
Sifflotant en Roffignol,
Tandis qu'il void le defaftre.
Mais voyons Lefleu de Laftre,
Seditieux a merueilles,
Qui fe bouchoit les oreilles,
Au bruit que l'on faifoit la.
Que dira on de Longueual,
Qui paffe a moitié tranfi,
De hardieffe & de crainte auffi,
Auoit grand peur du retour :
Mais bien c'eftoit tour,
Bel efprit Efcheuin Vacquette,
Ne reproche la bacquette,
Ny gibeciere de ton voifin,
Tu fçais qu'il a le bon vin,
Et toy tu n'as que la lye,
Ma foy c'eft grand vilanie
De voir ce Greffier de Ville,
Mettre des apoftilles,
En parenté de nos Roys :
Mais voyez combien de fois,
Il nomma ce coufin d'Encre,

7

Cà, çà, que l'on s'aduance,
A ouyr la parenté,
Iesus, quel nom infecté,
O Dieu quel ingratitude:
Greffier mettre ton estude,
Contre Dieu & ta patrie,
Son fils a la façon iolie,
Pour vn enfant de vingt deux mois,
Donnons luy pour vn sol de noix
A iouer à la faucette,
Qu'il à la barbe bien faicte.
Toy Procureur Famechon,
Aime les Lis & les Bourbons,
Arnanthelo n'est plus au monde,
Personne ne te seconde,
L'Espagnol perd son credit,
Mets toy des nostres & les maudits,
Dis que le diable les emporte,
Aux enfers dans vne hotte,
S'ils y peuuent tous tenir,
Qu'ils n'en puissent iamais sortir,
Que par le congé du grand maistre,
Lequel nous fera naistre
Vne eternité de bon temps,
Et ressemblant tous au Printemps.
Nous tiendrons formes telles,
Nous aimant en collombelles,
En criant viue le Roy,

Ouy sans iurer sur ma foy,
Par le sainct Abbé de Morœul,
Que ne m'a-il cousté vn œil,
Desgumond seroit en peine,
Par les escus de Trudaine,
Plus goutte il ne verroit,
De Rouillard le meneroit,
Mais si honteux s'irritoit,
Il prendra vne vielle,
Le tambour tiendra Cordelle,
Et la flufte aura Boissi.
Mais les Iacobins d'ici,
N'aurons-ils le Rozaire :
Non ils craignent le derriere,
De la iournee de sainct Clou,
Par saincte Manehoult,
Qui y a mis remede,
Que la Concine est l'ayde.
Allons donc d'vne suitte,
Voyons si Heraclite,
De pleurer n'est point las,
Suarez & Mariana,
Sont ils encore en Espagne,
Ouy, se sont gens à l'espargne,
Despernon les a choisis,
Par la valeur de Quoissi,
qui a Clermont fit merueille,
Iabbelier vit l'eschelle,

Ie ne

Ie ne dis pas du Castelet,
Il disoit son Chappelet,
Quand il vit belle Fourriere,
Hemard n'entra en colere,
Voyant souffleter Sachi,
Pourtant s'estoit son ami :
Voila fausse praticque,
C'est humeur lunaticque
Les met tous à l'enuers :
C'est le temps qui est diuers.
Or ça voyons maintenant,
Ce grand hóme d'entendemét
Qu'est monsieur de Cresi,
Taisez vous il'est aussi,
Il n'a iamais pris les armes,
Aussi n'a fait monsieur d'Ames
Qu'au village de Thillars,
Iesus qu'il se trouua las
S'enfuyant à Beauuois,
Il se mua toute la voix,
En si peu de chemin,
Il n'ouurit iamais sa main,
Ses chausses il y tenoit,
Bon Dieu il se tuoit
De courir au plus viste,
C'est pour retenir son giste,
A ce qu'il nous a dit,
De Rembures auoit credit,

Acquis dans Abbeuille:
Mais le Duc de Longueuille
Luy couppe le chemin,
O le bien heureux destin,
Quel audace a du Fresnoy,
De penser auec son doigt
Faire rendre les armes,
A Desserteaux ce gend'arme:
Mais alloit il hardiment,
Iesus, fort vaillamment:
Mais ce fust le desastre,
Quand il se vit abbatre,
Et de mort quasi suiuie
Demander humble la vie,
On n'en void point que ie sçache
Que Meziere poil de vache
Qui vouloit iouer du fin,
Toucha monstre dans sa main,
Et point n'a fait fatigue,
Il vse de pratique,
Ainsi que Mont'Aubert
Qui sera sieur de Haubert,
En monstrant son legitime,
Il faict piteuse mine,
Depuis ses changemens,
Hola, hola tout bellement,
Vrayement c'est le plus sage,
De tous ses personnages,

Son chef de gloire s'enuironne,
Ie croy qu'il tiēt de la couronne
Puis qu'il est haut à la main,
Hocquincourt s'en va demain,
Au cliquetis de bataille,
Pourueu qu'il ait muraille
Au deuant de quatre pieds.
La grosse teste a petit nez,
Auroit-il la hardiesse
Ouy, il à de l'adresse
A cause de Boy Prunier
qui fait chez l'harmurier
Prouision de euirasse,
C'est contre galeasse
Qu'il en a eu duel,
C'est en bon Colonnel
N'estre pris à despourueu,
Comme le sauuage nu
Qui n'a pour se deffendre.
Voyez que c'est de l'entendre,
Que sçais-tu de Bellegarde,
Le pastissier se met en garde
Craignants le rots de chien.
On dit qu'il reuiendra demain
Beauplan qui tousiours trotte,
Garde d'vser tes bottes,
Ne sois grand vsurier,
Si tu t'attens au cordonnier,

Ma foy tu n'en auras d'autre.
Que d'Arquict paye bien fon hofte,
Le Monfieur du Cadinal,
Par fainct Iean il fe louera
Du credit de cefte ville,
Par vne façon fubtille
A faict fortir fes cheuaux,
Bon Dieu que de trauaux,
Que ce lacquais nous donne,
Il ne doit qu'à deux perfonnes
Il payera tout a la fois,
Prions tout d'vne voix
Auec la ieune Darde,
Que point il ne retarde,
Nous donner contentement,
Iefus quel gros deuant.
Vn quidam eft bien marri,
Que fon bien-faicteur n'eft ici,
Il auoit bonne pitence.
Quoy ir a-il en decadence?
Non, fon accipe luy fournira
Pour s'entretenir plus gras
Qu'vn bœuf de Normandie,
Voila bonne maladie.
Mais aimera-il le Prince
Ouy fil luy fournift la pince
A la mode de Vually,
Pourquoy il n'a iamais failli

Si ce n'eſt en commun.
Que ſçais tu de Fermembrun
Qui eut la chair deſoupee,
Voy tu ſa veſue deſolee,
Demande a Iudas la Ferté
Quand tu denrois tout gaſté,
Si Maure pas eſt en charge,
Que ſi ſur toy il ſe deſcharge
Cours viſte a Longueual,
Mais crains d'aller au bal
Auec le Marquis d'Encre,
Ma foy tu ſerois a l'encre,
Comme il eſt maintenant,
Ne vois tu pas le changement,
La cloche de la Citadelle
A pris vent à la chandelle,
De crainte des moucherons
Qu'ils ont le cœur en marriſſon
Quitter leur mere nourriſſe.
Ie ne ſçay ſi Iean ſoeiſſe,
Aura bien ſuiui de pres,
Ouy, ils planteront des Cypres
Au pays d'Arcadie,
Ils ont la Letargie,
Et s'en vont tous mourans,
Bon dieux que telles gens
Sont remplis de fortune,
Par le grand Dieu Neptune

Ils feront encor du mal,
Nous ferons car le Seneſchal
Ne leur a donné ſa voix.
Ouy bien, mais ſi Reuelois
Ne peut payer ſes debtes
Par noſtre Dame de Lorette,
Il ſeroit mal a cheual,
Ne crois tu pas qu'il ira
Auec le temps en cage,
Non, non ce ſeroit dommage,
Il a bien ſerui le Roy.
Tu ne ſçai pas en bonne foy
Comme le Marquis de Porte
A Villers vidoit la porte.
Leſcarlette le ſçait fort bien,
Ie croy que le lendemain
On y vit bel appareil,
Il n'y à rien de pareil,
Et que dit le Marquis d'Enere,
Iamais ne fut a telle dance,
Ils eſtoient tous en ceruelle,
craignoiét perdre leur citadele,
Migneux faſché faiſoit la rôde,
Côme vn vin qui ſe desbonde
Furieux ſe depeçoit :
Mais d'Appluiecourt l'aperçoit
Qui ſe mit toſt en priere:
Mon Dieu fais que par derriere

Ie me sauue vistement :
Car si vne fois telle gens
m'abordoient en colere,
A Dieu l'honneur & la gloire,
Qui les asseura dauantage
Fut vn Iesuitte fort sage,
Qui portoit sous son manteau
Des deuiles en vn cousteau
De verité se sont gens,
Fort propre & diligens
A troubler les prouinces,
Ils ont trahi le Prince
N'as-tu pas veu Nerestant
Tous les iours en leur conuent
Le pacquet estant venu
De la part de l'Archiduc,
Au conseil, aux affaires,
C'estoit leur ordinaire.
Mais que ferót-ils auiourd'hui,
Leur effort n'estant suiui
Selon leur volonté,
Ils se mettront du costé
Qui a gaigné le dessus :
Mais seront-ils bien venus,
Ouy par saincte Colette
La science de Tolette
Ne les tient a despourucu,
C'est par trop tard attendu

A corriger leur vice,
Ils sont pleins de malice,
En magie ils sont sçauant
En yurongnerie autant,
Que Diable ferez vous là
Chacun sçait que Guignard
Fut pendu en Greue,
Maistre Anthoine de Laiue
Ne fut iamais si fin,
Adieu donc iusques à demain.

FIN.